秋夏賛日

珠 深雪

リリーがいた街

～二〇一＊年　夏至から初秋～

夏になると、八幡神社のすぐそばの、南に走る坂道のバス停から、朋子はよく妹と一緒に山間《やまあい》のホテルに泊まりに行った。妹の転地療養をかねての小旅行だった。

子供の頃からあたり前のように在った山脈《やまなみ》が、大人になるにつれて、朋子の目の中で少しずつ変容し、今では、自分の有り様《ありよう》までが、この山容そっくりに感じられた。

目の前のわがふるさとの山高し

故郷があって、山が在り、その懐に抱かれて育ったという記憶があれば、誰だってそう思うだろうと、信条にしたくてこんな韻文を綴ったことがある。皆、おらが村の山が、どこのどんな山よりも一番なのだ。

ケースワーカーの仕事に就いたのは、三十過ぎの若さで妹が逝って、しばらくした頃だった。

学生時代に取得した社会福祉主事の資格を活かせる仕事を探したら、自分の適職は初めからこれだったと思うほど、自分の性格にあっていた。亡き妹が導いてくれたとも思った。銀行勤めを辞めて三年後にはこの職に就いていた。

その家は、きょうが二回目の訪問だった。

ここの主《あるじ》を訪問する日は、服装に気を配ることにした。気位の高い友人なら女子高時代から何人も知っていたが、きょうの面談相手《クライアント》は、そのタイプの女性ではなかった。こちらの身なりや装いで、訪問先の相手が口を閉ざす例も知っていた。講義を受け、専門書を読み、試験にパスしても、その道のプロになるには嗅覚が要る。朋子はようやく、カウンセリングという仕事が、千の心を知る作家と同じくらいの想像力を必要とすることに気づくようになった。

きょうの服装に、彼女はどう反応するだろう。相手をよく知るまでは控え目を心がけて、初対面の日は必ず灰色のカーデガンスーツと決めていた。わたしはあなたの陰にいて、どんなときも、あなたを支えていますというシグナルのつもりだった。しかし、二回目の訪問のきょう、朋子は若竹色のサッカー地のワンピースを選んだ。アクセサリーは何もつけない。

一棟建てのマンションの最上階に彼女は住んでいた。

呼び鈴を鳴らし、待っていると、ドアの向こうでゆさゆさと、夏の薄地の衣《きぬ》が揺れながら応対を急ぐ気配がした。錠の開く冷たい音がするのと同時に、ミヤアという声がして、薄めに扉が開き、ついで勢いよく全開すると、訪問初日の前回と同様、灰色のロングワンピースに身を包んだ女性が、初対面の日と同じ灰色の猫を抱いて立っていた。

—ご苦労さま。

そっけなく言うと、くるりと背中を向けて、早くドアを閉めて入って来なさいと、まるで自分の代理で言わせたいかのように猫を高々と右肩にのせて、部屋の奥へ入っていった。


わたしはどこもおかしくないのに、どうしてあなたがやって来るのか。これが朋子に浴びせたこの日の彼女の最初の質問だった。それは、あなたが二度と強制入院させられないよう、見守るためですと答えると、もう二度としないから来る必要はない。訪問相手は静かな口調で諭すように朋子に言った。

—退院後は、ぜんぜん元通り。ご覧の通り。

とソファにもたれ、灰色の猫を灰色の膝の上に寝かせながら、小さく尖った耳のウラから背中、軽く巻かれた尻尾の先までを、指でシュウッとひと撫でした。

「あの、ええっと」

─品子。

「そうでした。品子さんでしたね」

初対面の日、本名で呼ぶと品子と呼び変えるよう依頼してきた。源氏名ではない。校正と年金で食べているという。話の端々から、品子というのは谷崎潤一郎の小説に登場する女性の名前だとわかった。訪問初日の帰りぎわ、自分は品子の蘇りなのだと面談相手《クライアント》は理由を明かした。相手は本気だと気づいた朋子は、訪問二回目のきょうからは、慎重に言葉を選ぶことにした。

「浅学で、まだ谷崎を読んだことがありません。映画になったことは知ってますが。私はフランス文学が好きなもので。日本の文豪はどうも苦手で」

朋子は丁重に、名前を思い出せないでいた言い訳をした。

「ところで品子さんはいま、何に困っておいでかしら」

――なあんにも困ってなんかいない。

「猫ちゃんですが」

――リリーと呼んでやって。

「はい。ではリリーちゃんですが、退院後に飼い始めたのですよね」

――そう。目と目が合ったの。

「どこで目が合ったのかしら」

――岡本の梅林のあたり。散歩していたら惹き合ったわけ。

「それはそれは。縁は異なものって、言いますものね」

なかなか洒落た物言いをする、と品定めをする目が自分に注がれているのに気づいた朋子は、すかさず問いかけた。

「それで連れて帰ったのね」

―違うわ。ついてきたのよ、私に。この子もひとりぼっちだったから。試しに〝リリー〟って呼びかけたら、返事をしたのよ。ミャアって。

「岡本から阪急電車に乗ってここまでついてきたのかしら」

―わたしのバスケットにもぐり込んだのッ、勝手に。なあにあなた、何をじん・・・・んしているの、このわたしに。

「いえ、ただ、私はあなたをお見守りしたいだけで」

朋子は決めてあった言葉を、舌を噛みそうになりながらくり返すと、次の訪問日に賭けることにして、品子の家をあとにした。

この自称品子のことは、訪問前に凡そ知ったが、核心には至っていない。つまり、なぜ自殺を図ったのかまでは、朋子にも、医師にもわからないままだった。東京から越してきて三年目の今年の春に多量の睡眠薬―処方された全部―を一気に飲み、玄関を這い出て、倒れていたところを見つけてもらった。本人は間違えて飲んだ、だから何も起きてはいない、と言い張るのだった。

夏至の日。梅雨のわずかな晴れ間を縫って二回目の訪問を終えた朋子は、緊張の糸をほどきながら、帰りの坂道を下っていった。

＊　＊

夕暮れどき。

梅雨明けの、短い夜の始まりを告げる蝉しぐれの中を、朋子は急ぎ足で坂を上っていった。

三回目の訪問のきょうは、予定が二時間も遅れていた。品子の前の訪問先で、介護に手を貸していたら、あっと言うまに時間が来てしまったのだ。品子には訳を言って許してもらおう。助けを必要としている人を、途中で見放す訳にはいかないからと言って。

合歓の木の花が咲いている石塀の上から、茶色い猫が、身を乗り出すようにして朋子が通るのを見ていた。

このあいだ『猫と庄造と二人のをんな』を初めて読んだ印象では、庄造が愛したリリーなる艶めかしいメスのべっ甲猫は、むしろ、いま朋子の顔を眺めている、夕闇に咲いたピンク色の花に酔いしれる金眼のこんな猫ではなかっただろうか。しかしこれから会う訪問先のリリーちゃんは、庄造のリリーとは違って毛並は青味がかった灰色の短毛で、猫図鑑で調べるとロシアンブルーという猫種に近い。

ロシアンブルーみたいな外来種の以前の棲処が、梅林近くの高級住宅街という推測から、朋子は、二度目の訪問を終えると早々に岡本の交番に問い合わせてみた。すると案の定、「青い猫が行方不明」とすでに届け出があった。朋子は、心あたりがあるのだけれどしばらく時間を頂きたい、そう飼主に伝えてもらえないかと、交番に頼んでおいたのだった。

訪問先の玄関に辿りついた時には、すっかり夜になっていた。

夕食の準備が整った丸テーブルの向こうに、きょうはベッドルームが見えた。部屋は最上階の東南角部屋で、南側バルコニーからは、港の夜景が縦横に煌めいて建物近くまで迫り、東の壁のアルコーブの窓からはケーブル乗場と、山頂手前のレジャー施設の明かりが遠目に瞬いているのが見えた。

「素敵な寝室ですね。びっくりしました。眺めが素晴らしいんで」

品子がリリーを寝室に放してやると、リリーはアルコーブに置いてあるベッドの上に跳びのって、長々と身を横たえ、尻尾を波のように揺らし始めた。

―ずっとあの明かりを探していたの。

ポツリと品子が言うので、てっきりベッドの上に吊られているランタンのことだと思った。

「ニューヨークの作家がちょうどこのランタンと似た作品を作ってますね。あれもペーパー仕様でした」

品子の趣味の良さを誉めたつもりだった。すると品子は、

—馬鹿言わないでッ。

と、朋子を一喝すると、丸テーブルにゆさゆさ戻って、アイスジンジャーティーをケースワーカーに勧めた。

グラスを受け取ると、朋子は自分を落ち着かせるために一口飲んだ。甘いシロップと辛口生姜の絶妙のブレンドに誘われて一気に飲み干すと、焦りが潮のように引いて行った。ここで相手を異常者扱いするのは迂闊すぎる。朋子は臍を固めた。

「探していた明かりが見つかって、ほんとに良かったですね」

――一生ここに住むつもりよ。六甲の山の、あの明かりを眺めながら眠るの。毎晩よ、毎晩。

山腹に明かりが見える場所を探していたのだ、この人。

「本日は、日も暮れて時間が押してますので、きょうはお顔だけ拝見して、お話はゆっくり、次回ということに。じゃあわたしも、さぞ素晴らしい山の夜景のお相伴にあずかりますね」

朋子はベッドに近づくと、アルコーブの窓から、山に向かって、しばらくじっと目を凝らし、やがて小さくあっと声をあげた。幸いその声は、品子の耳には届かなかったようだった。

暑気の立ち籠める帰りの坂道、合歓の花の一郭を通った時にはべっ甲猫はいなかった。

眼前に、品子の部屋のバルコニーから見えた夜景が広がり、ふたたび朋子を驚かせた。
都会では昼間にこそ静けさがあって、夜には隠し事が躍動している気がした。

＊　＊

小説『猫と庄造と二人のをんな』の品子というのは、元夫である庄造の、後妻とその父親、そして庄造の母、つまり元姑の三人の計り事に、気づかずに追いつめられたあげく、いびり出された憐れな元嫁のことだった。元妻である品子は仕返しのつもりで、元夫の愛猫を自分に譲らせることで、後釜に一泡吹かせ、夫婦のあいだに一波乱起こしてやろうとする。小説は文字通り、男女の三角関係と猫の話だった。

謀られていびり出されるなんて、手軽な法律相談のない時代の話で、いまどきの人なら必ず訴えを起こすだろう、お金があればの話だがと、朋子は四回目の訪問を午後に控えて、電車の吊り革に手をかけ、窓外を見るともなく見ながら考えていた。

マダム品子――訪問相手の品子を小説の品子と区別して、朋子は秘かにそう呼ぶことにした。マダム品子と谷崎の品子。この二人の品子を、初めのうち朋子は、どうしても重ねることができず、もう少しで愛読者ゆえの妄想とくくりかけるところだった。しかしこの〝二人の女〟の接点は、マダム品子の言葉にあると朋子は気づいたのだ。

山の、あの明かりを眺めながら眠るの。

小説の佳境、女主人公の品子は、巧く言って引き取りはしたものの、猫はさらさら自分になつく様子もなく、ついには昼日中に逃げられてしまう。猫にまで捨てられたと打ちひしがれていたら、夜更けの時雨に耐えかねたのか、猫は引き返して来た。ああ、戻って来た。戻って来たのはかつての夫ではなく、猫なのだけれど、ようよう部屋に迎え入れたそのとき、窓から見えた夜空に、星がキラキラときらめき、闇に溶ける山稜にホテルの灯火の瞬きが見えた。品子は希望を見出し、喜びに震えるのだ。

戻って来たのはかつての夫ではなく、たかが猫である。しかし朋子は、マダム品子は小説の品子と同じ希望を、六甲山の明かりに託していると確信した。マダム品子の寝室から見えた夜の山稜に思わず声をあげたのは、そこに気づいたからだった。猫でもいいから、愛し、愛されたい。孤独は人をそんな思いにさせるのだろう。朋子はふと、品子からリリーを引き離す自分の役目を思い出して、気を重くしながら、合歓の木の一郭を上っていった。

「山腹にあるホテルなんですけど、わたしもよく妹と泊まりに行きました」

――妹？

「ええ、もう亡くなって七年です」

――なあに？　病気？

「はい。病気ということにしてます」

――じゃあ、生きるの止めたのね、きっと。

「鋭いですね」

朋子は、話が思わぬ方向に流れ始めたので、あわてて予定の作戦に戻った。作戦には〝リリーの引き離し〟が伏在していた。

「品子さんのベッドからは、六甲山ホテルの明かりは見えるのかしら。古いホテルですけど、裏にチャペルもあって結婚式もできるんです」

―結婚式？　あら、そう。

「ところで品子さん、ご結婚されたことは？」

―ないわ。

「恋愛とかは…」

―結婚するはずだった恋愛が、ひとつね。

「へえ、どんな方、その方。あ、まずかったかしら、伺っては」

―有名人よ。

「東京の人？」

―そうよ。有名人。

「校正のお仕事とつながってますう？」

朋子は、きわどい質問を思いきって投げかけてみた。

マダム品子は口に入れかけていたフィナンシェを皿に戻すと、レモンティーのカップに口をつけ、ごくりと唾をのむように飲んだ。

―わたしはつながっていたけど、むこうは途切れてたらしい。

「なぜ結婚とりやめたの?」

―あいだに邪魔が入ったのよ。横取りされた。

「ひどいッ」

―恋愛に民主主義は無いのよ。公平も対等も無いわ。誰かが勝つのよ。〝交際中〟を公表してもだめ。契約書を交わさなきゃ。

「口約束でも訴えることはできますよ、破ったヤツ。誰も知らないようだけど」

―永遠の愛を誓わない限りダメよ。できっこないでしょ、デート中に録音なんて。永遠の愛なんて、誰も誓えない。そんな人いないわ。

「妹…」

―妹?

「たぶん。妹は誓ったと思います」

―失恋して死んだの？

「ええ。あなたと同じ。横取りされて。そのあと病気が悪化して、十年後に……」

―…………ひどい。

朋子は、予定した通りに会話が進まないことに苛立ちながらも、なぜか予定に戻す気になれなくなった。

ミャア。気がつくと朋子の足元にリリーちゃんが寝そべっていた。ゴロンと横倒しになって甘えて見せたかと思うと、履いていたストッキングを爪でひっかき始めたので、朋子は驚いて抱きあげ、膝の上にのせた。リリーは丸テーブルの端に前足をかけて息みながら身体を支えると、ひょいと後ろ足をテーブルの端にのっけて、おもむろに前へ進み、ここが定位置だとでも言いたげに、丸テーブルの一箇所に陣取った。品子はリリーに向かって目を細めて見せた。

—妹から横取りした女、結婚したの?その男と。

「いえ、してません。でもその男、妹の元へは戻って来なかった」

—まッ。わたしとそっくり。それで妹はどうした?

「何も。ただ待っていたようです。彼のこと」

—年の差は?

「二十歳くらいかしら」

—なんで嫌われたの?

「嫌われたわけじゃなくて。その、なんて言うのかしら、もう飽きられたらしくて。妹はその、何て言うか、意外と奥手なところがあって……」

—横取りされたのよね。

「そうです。横取りです」

朋子は食べかけのプティットマドレーヌを勢いよく頬ばると、紅茶を口に含み、胃の中へ送り込んだ。

亡くなる前の妹の、愁いをおびた目を思い出しかけている自分をなんとかしようと、朋子は部屋の飾りつけに目をやった。

全体に部屋は品子の衣服と同じ淡いグレーで統一されていたが、小さな家具や小物にハッとするほど鮮やかな色使いが施されていた。スリッパと丸テーブルはスカーレット、壁の時計は、瑞々しい緑の円形。その上で黒と白の針が時を刻んでいた。ソファとベッドリネンはまっ白だった。寝室に漆黒の李朝家具をキャビネット代わりに置いてあって、その上に薔薇と百合の生花が、きょうも活けてあった。それより何より、この家の主の揺れるようなグレーのロングワンピースと、リリーのブルーグレーの毛並がなんと言っても絵のようで、それもあって朋子は、訪問初日の翌日には、品子と被らない次回に着る服を考えていたのだった。

ふと、朋子は、まっ白なカップボードの棚の上にある小さなフレームに目をとめた。

人ごみにすっくと立てりアマリリス
月無き夜は美しかりける

「あら、素敵な短歌。どなたの一首?」

―在京の歌人よ。無名だけど、わたしは好き。

「妹もいろいろ作ってました。俳句が好きで」

―へえ。妹、文学部卒?

「いいえ。妹は大学へは行きませんでした。ちょうど、家の暮らし向きが悪くなって、すぐに働きに出たんです。でも、作家志望でした」

—どんな俳句？

「それが、じつは俳句なんだか川柳なんだか。ともかく五・七・五なんです」

—たとえば？

「ええっと……」

朋子は、入院中の妹が、時々自分に読ませてくれた五七五のうちの、水水しい一句を思い出した。

「青にしてトマトは待てり摘まれる日の朝……」

—妹はその男と寝たの？

「寝たっ？」

—それって、抱かれることを期待してる乙女な自分を詠んでるわ。

「トマトの句じゃないんでしょうか」

—そう聞こえるけれど、本当は違うわ。わたしが言った通りのはず。他には？

朋子は、これも清々しいと思う一句を挙げた。

「夏草やクレヨンを握る友の声……」

――ふん。他は？

品子がこの一句を置いてきぼりにするので、すかさず朋子は、

「アメリカへ一緒に旅行した時に見た風景を詠んだらしくて、

トウモロコシの畑に天使は隠れたり……」

――旅行中も祈ってるわ、恋愛成就。

「景色を詠んだ句ですよね」

――違うわ。初めは片思いよね、妹の。

「そうでした。でも、そのあとどうなってしまったのか。最初と最後しか、わた

しは知らないんです」

朋子は思わず声がうわずりそうになるのを、職業的使命感から取り戻そうとしていた。

—遺書は?

「ありません。五七五で詠んだ一行詩みたいな紙切れが百枚近く出てきただけで」

—私に読ませて。妹のそれ。全部。

「何か、わかるんですか」

—読んでみなきゃわからない。でも、あなたの妹、まるでわたしの妹みたい。

半睡状態だったリリーが、大きな欠伸をして目を覚まし、丸テーブルの上で立ち上がると、前足を思いっきり伸ばしてヨガのポーズを披露し、ひらりと床に下りると、こんどは丸テーブルの脚に爪を立ててガリガリやり始めた。

それを見ていた朋子は急に気忙しくなって、早く帰れと猫に追いたてられでもしたみたいに、帰り支度を始めた。品子には次回の訪問日を伝えて、ともかく玄関を出ることにした。

マダム品子と亡くなった妹との年の差は三十歳以上あった。妹より三十年以上長く生きれば、あの時の妹の気持ちがわかるのだろうか。朋子は、企業勤務時代、後輩社員のお手本だった自分が、肉親であるにもかかわらず、深く妹の胸中をはかることをせずに済ませたことが後ろめたく、妹の病も死も、自分に責任があったように思うことがあった。

妹のあの時の気持ちがわかるのなら、品子に読んでもらってもいい。校正の仕事についてはあまり詳しくなく、どこまで追求する仕事なのか測りかねたけれど、品子には職業柄指摘できることの他に、そういう秘め事を察知する力があってのことかもしれない。朋子はそう推測して、五七五がしたためられ、紐で括り置かれた紙の束を、さっそく訪問相手に郵送することにした。

山と海に挟まれ東西に長くのびたこの辺り一帯には、山の麓から南へ向かって等間隔で三本の鉄道が横に走っている。朋子が両親と住んでいた家は、ちょうど山裾から海岸べりまでの中ほどに在る、丸窓のついた洋館風の建物だったが、父の事業の失敗で売りに出し、人手に渡ったあと、取り壊された。空襲を逃れた場所にぽつぽつと点在していた洋館風の民家も、あの阪神淡路大震災で潰れてしまい、今では真新しい顔で建ち並んでいた。朋子は人手に渡る洋館風の自宅を、涙をこらえて見送った日のことを覚えている。まだ大学在学中のことだった。

大学卒業後に、フランス系の銀行の為替部の職を得たとき、両親の顔に安堵の表情が宿った。結婚支度はしてやれないから、しっかり貯めなさいと、母は働き出した朋子の心の支えになってくれたが、父は事業の整理のさ中に過労で倒れ、妹が高校二年のときに帰らぬ人となった。だから妹の最終学歴は、良家の子女が進学する私立の女子校中退になっている。

一家離散とまでは言わないが、一緒に住んだ家を離れたあとは家族一人一人が、生き残るための一番効率のいい方法で暮らすことになり、朋子は賃貸マンションを何度か移って今の場所に落ち着いた。そこは、この街が港湾都市と呼ばれるのに適《ふさ》わしい、特別計画区域に林立する高層住宅群の一棟で、朋子の部屋の窓からは、幼い妹を連れて何度も父と登った六甲の山容が、毎朝、目に入るのだった。

朋子はマダム品子が夜毎、山腹の明かりを見ながら眠りにつくように、自分も近ごろ、遥かな海上から毎晩、山頂付近の明かりに目をやっていることに気づいていた。

＊　＊

電話訪問を二度ばかり入れてからしばらくの、お盆のさなか、朋子は合歓の木の一郭をせわしなく上って行った。期待のような覚悟のような、妙な心境だと、お盆休みのひっそりとした坂を上りながら、自分の内心を測りかねていた。

チャイムを鳴らしてしばらく待ったがマダム品子は現れない。もう一度鳴らしたが、気配もしないので、朋子はドキッとして玄関ドアを引いてみた。錠はかかっていない。恐る恐る、こんにちは、と声をかけると、どうぞ入って、と品子の声がするので、ホッとして、いつもの来客用のスリッパを自分で揃えて履いて、部屋に入って行った。

秋夏賛日

そう墨書された半紙が一枚、ソファの前のローテーブルの上に置かれてあった。マダム品子はというと、きょうはいつもとは違う光沢のあるグレーのロングワンピースを身体にまつわりつくように着て、ソファの上で、やや出っ張ったお腹の上にリリーを乗せて横になっていた。重量感のあるその光景と、墨書された薄い半紙を交互に見ながら、朋子は言葉を探していた。

―妹の句を選んで集めてタイトルをつけたら、そうなった。

と、品子が先に説明した。

「これは、どういう意味で」

―妹が亡くなったのは、秋よね。

「ええ、そうです。秋口でした」

一ひと夏、頑張ったのよ、妹。

「そうでした」

一だから、誉めてあげたいの。その夏を。

そう言うと品子はリリーを先に床に下ろしてからむっくりと起き上がり、いつもの赤い丸テーブルへ朋子を誘《いざな》った。

丸テーブルの上には朋子が二週間ほど前、品子宛に郵送した五七五の束を入れたぶ厚い封筒が置かれていた。品子は椅子にすわると、封筒の中からクリップで挟んだ数枚の紙を丁重な手つきで取り出し、まるでトランプ占いでもするみたいに、一枚一枚、テーブルの上に並べ始め、計四枚の紙を、朋子に見えるように並べて置いた。

一年の差からいうと、妻子ある男だった。

「そうです。その通りです」

――この四枚の俳句に、恋心の芽生えが書いてあるわ。

そう言われて朋子は、自分の知らない妹の、かつての筆跡をどきどきしながら目で追った。

青にして蕃茄《トマト》は待てり摘まれる朝

阪神香櫨園近くのアパートに一人で住み始めたころ、妹は、小さなベランダで葱やトマトを栽培して、生活の足しにしていた。妹は、それを俳句にしたにすぎない。朋子は、今の今までそう思っていた。

玉蜀黍《トウモロコシ》の畑に天使隠れおり

この句を朋子はよく覚えている。妹と二人、新たな人生を踏み出す覚悟を固めた頃のこと、一緒に十日ばかりのアメリカ旅行をした。車窓から見えた、青く、丈高いトウモロコシの広大な畑にびっくりして、迷い込んだら出て来られないと朋子が不安がると、妹は、天使が隠れんぼしていると浮世離れしたことを言った。あれは恋情の仕業だったのだろうか。

西日の窓をけふといふ記念日がゆく

いつぞやの礼にと涼風の吹く日

この日、何かがあったのだ。ひょっとしたら……。

ともかく、四つの句は、どれも喜びに溢れた表現だった。こんな時代があった妹を、まったく知らずにいた自分が、妹にはどう見えていたのだろう。朋子は自分が長い間、妹から締め出しをくっていたことに気がついた。姉としてのプライドが思わず揺らいだが、職業意識というものが、いまこの瞬間、背筋の緩むことを許さなかった。

「大阪で働き始めた頃、妹は慣れないこと続きで苦労していました。でも、やっと職場にも馴染んで、明るい顔になってくれて」

―そのころ、男と出会ってる。

「えっ？」

―もう逢っている。

「そんなに早く？」

―青にして、摘まれる朝を待っているのよ。

まだあどけないとしか思えなかった妹の顔に、女という言葉すらあて嵌めてみることのなかった自分が、迂闊な大人の一人に見えてくる。朋子は熱くなった頬に手をあてた。

マダム品子は、並べた四枚の紙をそっと束ねて横に置くと、こんどは二枚の紙を並べ置いて、朋子に読むようにと目で誘いかけた。

短夜の逢瀬プラネタリウムに満つ
幾星霜めぐりても濃き短夜ありき

―短夜は夏の季語。夜明けの早い夏の夜のこと。妹は、結ばれたのよ、男と。

朋子は、目が眩む思いで妹の筆跡を追っていた。あの子がこんな気持ちでいた。そのうえ、会えばまだ子供のような冗談しか言えなかった妹が、晩年にはこんな句を作っていた……。動揺している自分と、そんな自分を見ているマダム品子は、明らかに立場が逆転しかけていた。

―もんだいは、ここからよ。

品子は二枚の紙を大切に束ねて横に置くと、ふたたび一枚一枚並べ置き、七枚目で並べ終えると、

―男は、とつぜん離れて行った。違ってる？

「そうでした」

―一年ほど付き合って、別れた。違う？

「その通りです」

―横取りされた。

「横取りされたんです。別の女に。妻子がいて、妹の他にも、まだ女がいたんです」

―不逞な野郎、縛り首ッ。

マダム品子はクールな声で言ってのけると、句を読むよう無言で朋子を誘った。

夏また来ぬすれ違いのあの日のまま
風鈴や音寂《さ》びて夕暮れに立つ
カナブンを葉桜の元に返しけり

朋子の脳裏に、妹が住んだアパートの、小さなベランダがついた南側の窓が浮かんだ。男と別れた妹が、風の止まった夏の夕暮れ、ひとり窓の外を見ている姿が見えてくる。朋子は、ベランダに迷い込んで命果てた蝉やカナブンを、夙川沿いの桜並木の根元にそっと置いて帰るような妹の、ときおり不意に見せるデリカシーを思い出した。

からす一羽叫んでいる夏の果て
ひぐらしも淋しという言葉知りぬ
来夏にも鳴いておくれとお弔い
もう誰にも会いたくない夏の涯て

妹は家の近くの海を見ていたに違いない。香櫨園浜から見る海に、妹は何を願っただろう。この一連の俳句は、男に捨てられたあとの自分を思い返している。朋子の脳裏に、ありし日の妹の姿がフラッシュバックのように蘇った。

最後の一枚を目で追うことさえ苦しくなった朋子は、大急ぎでバッグからハンカチを取り出して目を覆った。今、このとき、このさ中に、涙を流す自分の姿をマダム品子に見せてしまうことだけは、なんとしても避けたい。自分は何も知らなかった。どうして気づけなかったのだろう。ああ、もしも涙が、ハンカチの隙間から頬を伝い流れ落ちてゆくのを品子が見つけたりしたら、もう自分はケースワーカーの資格はない。立場があべこべになってしまう。朋子はグイグイとハンカチを目に押し当てて、いささかの涙の出る隙もないくらいに涙液を吸いとると、品子に、水を一杯いただけないかと声をかけた。

妹の不倫関係は十八歳のころには始まっていて、一年後にはもう終わっていた。それから十数年の月日を経て、まるでこの十余年を闘うために生まれ、闘い疲れたかのように、妹は世を去った。

妹の精神が危うくなったのは、不倫関係が終わってからのようだった。しかしきっかけはあの男、いやあの女と言うべきか、いやどっちだって構わないのだが、ともかく妻子をそっちのけにして三角関係に発展し、妹が身を引いたか、捨てられたかで、男は妻子とは「別枠」の女性として横取り女を選んだのだ。まるで愛人がいるのが常態であるかのように、悪びれることのない男だった。妹は、彼は軽く握手をして去って行ったと言った。

その後、妹は食べては戻しをくり返したあと、内臓の不調を訴えて入院し、退院後には快癒すると思ったら、重度のうつに移行していった。顔つきはすっかり変わって、ともすれば朋子より老けて見え、多剤併用で顔が腫れて、以前より目が小さく窪んで見え、どこか人を寄せつけない空気が始終纏わりついていた。

朋子は水をお代わりさせてもらうと、今にも溢れ出すかに思えた涙が、甦った怒りですっかり干あがっていることに気がついた。泣くと死にそうになる、という歌詞が誰かの歌にあったことをふと思い出した。さまざまな怒りがこれまでも、崩れそうになる自分を支えてきたことを朋子は思い出していた。

―妹がどん底から這いあがるところ、読んでみる？

そう言うとマダム品子は、次に三枚の句を並べ置いた。

夏草やクレヨン握る友の声
冷蔵庫に夢は何かと問ひて夜は明け
残照の夏の日走れスニーカー

朋子の記憶の目の中で、女子校の陸上部にいた妹の、体育祭のリレーで晴れやかに駆け抜けてゆく姿が蘇った。病院のベッドの上の妹は、最後の自分の姿をかつての勇姿に置きかえていたのだ。朋子はもう涙が滲んだりしない自分に気がついた。最後まで力をふり絞って走り抜いた妹が、いまもまだトラックの上を走っていて、そのすぐそばを、敏捷とは言えない自分が遅れ気味に伴走している姿を思い描いていた。

三枚の句を黙って見つめている朋子に、マダム品子が、

―妹の心の絶筆は、このうちのどっちかよ。

と言って、選句の最後の二枚を一枚ずつ、静かにテーブルの上に並べて置いた。

電灯も疲れ入るかな夜の秋

抱き寄せる鈴虫の声ほしの声

あれは、とても冷んやりとした秋口のことだった。朋子が駆けつけたときには、妹はすでに息を引きとっていた。

妹が調子を崩し始めたのは年が明けてすぐのことで、うつ病と内臓の不調が並行していて、冬と春は乗り越えたものの、梅雨が明ける頃から危ない状態が続いていた。病院に着いたとき、病院のそこかしこの生垣から、激しい鈴虫の声の共鳴が聞こえてきたのを覚えている。鈴虫が、張り詰めた朋子の気持ちをほぐしてくれるかに思えたけれど、いやじつはあのとき、鈴虫たちは声明《しょうみょう》を奏でていたのだ。尽きてゆく妹の命をひと夏見守りつづけ、闘い散った妹の昇天を祈って、林の中に隠れ棲む鈴虫という鈴虫が、声を限りに鳴いていたのだ。

紙の上の千切れそうな妹の筆跡を見て、朋子はいま、あのときのことを理解した。もつれた綾糸が、マダム品子の指先で鮮やかにほどけてゆくような気がした。

蘇った妹の記憶で興奮を隠しきれないと判断した朋子は、ケースワーカーの責任を果たすために、正直に、訪問相手にこう言った。

「品子さん。たいへん参考になりました。妹はさぞ苦しかったに違いないと思います。でも俳句を読み解いていただくまで、じつを言うとわたし、それほど妹の胸のうちをわかっていませんでした。お恥ずかしい限りです」

─誰が、誰の気持ちをいちばん理解できるか、誰にもわからないものよ。家族なら、すべてわかり合えるとは限らない。

品子は慰めるように言った。

朋子は半年前に自殺未遂をしたと言われている女性を、真正面からじっと見つめた。本人の言うとおり、誤って薬を飲み過ぎただけではないだろうか。

予定の時刻を過ぎているからと理由を言って、朋子は急いで帰り支度をした。

「次回、お目にかかるのは、もうちょっと涼しくなったころです」

─楽しみにしてるわ。

遠くから幽かに読経が流れてくる帰り路《みち》、合歓の木の一郭を通り過ぎた辺りで、朋子はついさっきまでのマダム品子とのやりとりを思い返した。一瞬、あれは何もかも白日夢だったという錯覚に襲われたが、やがて、その錯覚もいずれ霧か靄のように消えてゆくだろうという予感に変わり、六甲駅のスーパーの人工的な光が見えるころには、地に足のついた自分が戻っていた。

朋子はケースワーカーになって初めて、初心に戻る必要を感じていた。

＊　＊

涼しさが戻ってくる前の、まだ日盛りの続くある日、朋子はマダム品子を訪問するためにマンションへと向かっていた。予定にはないが、来てほしい。そう声をかけてきたのは、品子のほうからだった。

玄関から部屋に入るとすぐ、例の赤い丸テーブルの席を勧められた。

マダム品子は端然として朋子に向き合うと、いつになく優雅な落ち着きのある声で言った。

―あなたの妹、わたしを救ってくれたわ。

朋子はすぐには反応せずに、相手の言葉を待った。

—それで、じつはお願いがあるの。

品子は頼みごとというのを話し始めた。

横浜にいる叔母が会社を譲りたいと言っている。もう八十を過ぎているので引退したいのだと。それで、自分は四十年此の方、活字畑で生きた人間で、編集や企画の知識もあるにはあるが、とても文化サロンの経営者向きなんかではない。そう考えていったんは断った。でも妹の句をぜんぶ読み終えて、一日経ったら、やってみる気になったのだと言う。

「じゃあ引っ越しなさるの?」

—近々ね。それで、お願いっていうのはリリーのことなんだけど。

と、品子は足元で顔の拭きそうじをしているリリーに目をやった。リリーと離れるのはとても辛い、でもこれが、庄造や二人の女たちの世界とキッパリ別れて歩き出す最後のチャンスだと思う。品子は決意を込めて言った。

――このリリーも、小説のリリーと同じくらい引き取り手はいくらだっているはずよ。請け合うわ。

そして目を輝かせながら、最後にこう付け足した。

――三角関係になって外された口よ、このわたしも。谷崎の品子とあなたの妹とわたしは同じ仲間。ずっと同志よ。この先もずっと。


帰り路、合歓の木の一郭を通りすぎたところで、朋子はひと夏通い続けた訪問先のマンションのあたりをふり返って眺めた。九月の、きらめく粒のような日差しのなか、文豪の小説世界とは全く異なる不思議な空間がそこには在った。青みがかった明るいスカイグレーの薄衣《うすきぬ》を纏った女性が、夏の終わりの光を浴びながら、灰色の猫を抱いて玄関に立っている。ふと浮かんだその光景に、違う呼び名がいいと朋子は胸の奥底で呟いた。

坂の下の方に、阪急電車の通過が見えると、朋子はにわかに、この先の段取りを考えて気忙しくなった。まず、岡本の交番に連絡をして行方不明の猫は保護していると伝えること、品子の就労許可を医師からもらっておくこと、そして、彼女の申し出に応じて妹の句集を出版するかどうかを決めておくこと等々を、頭のメモに書き留めた。品子は、自分を救ってくれた妹の俳句を本にしたいというのだ。

句集の話というのは、こうだった。品子の知人のカメラマンが写真俳句を手がけたいと言っている。著作権の関係で、著名な俳人の句は使いにくい、できればアマチュアの句がいいが誰か知らないかと、何年か前に話をもちかけられたことがあった。歌人なら知り合いにいるけれど、俳人は知らないと、あっさり答えて沙汰止みになっていたのを、こちらからもちかけてみると、妹の句はカメラマンにかなり刺さったようだと言うのだ。そして妹の句に、自分の句も手向けの言葉に代えて、添えてもいいだろうかと、自分の作った何句かを朋子に読んで聞かせたのである。

梅田行きの、阪急電車に揺られて帰る途中、朋子は車窓に映る景色を見るともなく見ていた。小説の主人公の庄造が、自転車で猫のリリーに会いに行く道は、朋子が子供の頃からよく知る国道で、この線路のずっと南を東西にのびている。その古くからある街道をえっちらおっちらと、顔に強い夕陽を浴びながら、西へ西へ自転車を走らせる男の姿を、朋子はこの三カ月ばかりの間に何度も想像したものだ。

庄造は別れた妻に会いに行くのではない。リリーという名前の猫に会いに行こうとしているのだ。猫のリリーは妊娠の意味も分からず妊娠して、変化する我が身に我が身を委ねるしかない自然の生き物だ。その生き物の、ただただ自分好みの愛くるしく艶めかしい風情に憑りつかれている庄造は、知恵と才気で取っ組み合いをしている二人の女をうっちゃって、西国街道をまっすぐ西へひた走る。それはまるで谷崎自身が自分もそうだと告白しているかのように、庄造は生身の女たちに頭が上がらず、まずそれが一番の理由なのだろうけど、リリーのイノセンスにしか愛着を覚えない。

リリーのようにイノセントで愛らしければ、女は一生男に愛されるとでも言うのだろうか。無知無学では女もこの世を生きのびることなんかとてもできっこない。猫は猫の都合で生きているだけで人間の好悪なんて与り知らない。ただ置かれた場所と人間のエゴで、運命が決まる愛玩動物なのだ。女は猫ではない。もし女が、あるいは人が、本当に猫並みか猫以下になったら、どうなるのだろう。朋子は小説の品子のセリフにあった「猫以下」と自分を指して言った言葉が、妙にひっかかるのだった。

岡本駅で電車を降りると、大阪で働き始めた妹がどこで男と出会ったと言っていたか、朋子は記憶をたぐり寄せた。

女子校を中退後はアルバイトをしながら母と暮らしていたが、やがて独立して香櫨園のアパートに住み、昼間は大阪にある問屋で事務員として働き、夜は夜で、ジャズ喫茶で働き始めた。東京で金策に走り回っていた父が脳梗塞で倒れ、そのまま息を引き取ってから、一年後のことだった。

やがて、妹は、カメラマンと結婚したいと、朋子に連絡してきた。母には伝えたのかどうか尋ねると、ママは心配性だからまだ伝えていないという。奥さんと子供がいて別居中で、離婚したら籍を入れる予定だと、弾むような声を受話器で受け止めながら、朋子は落ち着かない自分の思いを、誰かに受け止めてもらいたい気がした。妹の親代わりをしてやれるほど、自分は成熟しているとは思えない。

どうしよう。妹の結婚話に朋子は正直、浮かない気持ちになったのを覚えている。

妹がカメラマンと出会ったのは、おそらく夜のことだろう。そして妹がカメラマンの目にとまったのは無理からぬことに朋子には思われた。女子校時代から容姿で人目を引く妹の陸上のユニフォーム姿は、下級生たちにも憧れの的だった。ジャズ喫茶では歌も歌っていたのだろう。身内でない者から見ても、目元が特徴的で、どこかのプロダクションからスカウトされたって不思議ではないだろうと思えた。

しかし妹は勤め始めてまもなく、近況報告にいきなり結婚話から切り出したのだ。相手は二十歳も年上だという。父の死が、妹の選択と決意に影を落としていたと、今さらではあるが、そう思わざるを得なかった。

あの時、つまり結婚したいと連絡してきた時から、半年後にはもう横取り女が現れたのだが、妹は、いったい何につぎ込んだのか、わずかながら人手に渡らずに済んだ父の遺産の法定相続分が、定期預金から引き出されて無くなっていたことに、朋子は妹の遺品を整理しながら気がついた。しかし気づいたところで十年以上も経っていてはどうしようもなく、ただ大きな疑念を宙にぶら下げたまま暮らしてきたのだった。

人が後ろより、前を向いてしまいがちなのは、立てなくてもよい予定まで立てて生きるのが人生だと思い込んでいるからだが、朋子も、前だけ、将来だけを見て進むことを、父の死後、決意し、そのように生きてきた一人だった。妹の通帳から消えた父の遺産のことは、考えないようにしてきた。あの男に貢いでしまったとしか考えられない。妹の最初で最後の異性との出会いは、彼女の寿命まで縮めてしまったと言っても言い過ぎではない。いまの朋子にはそう思えるのだ。

うつを患いながらも妹は勤め口を探しては働きに出ていた。その理由は、通帳の中にあるはずの父の遺産がとうに無くなっていて、虎の子である支えが無かったからだと、遺品整理でわかったのだが、妹は母にも自分にも打ち明けないでいた。なぜだろう、水臭い。

簿記二級の資格を持っていた母は、遺族年金と父のわずかな遺産の運用で、公団住まいになっても衣装持ちの御夫人に見え、寡婦ながら貧窮とは無縁の生活を送り続けている。でも、妹は亡くなるまでスーツの一着だって買おうとはせず、クロゼットの中はチノパンやジーパン、それに同系のトップスだけという簡素なものだった。

あんな生き方をしていてはいずれどこかで倒れてしまうと、もしもすぐそばで妹を見ていたなら忠告もしただろうけれど、朋子は朋子で、後ろだてのない自分を自覚すればするほど、社会的基盤を独力で固めておきたくて、妹とは、メールと電話のやりとり、それにお盆と年始の再会だけという付き合いになっていた。

亡くなる数年前に、妹は自殺未遂で強制入院という経験をしている。退院後は妹を母の近くに住めるよう身辺を整えてやり、子供のころよく父と三人で登った六甲山の、古くからあるホテルに、二カ月に一度の間隔で姉妹水入らずで泊まりに行った。宿泊費は母と自分の二人で工面した。

目的は転地療養で、子供の頃の妹を蘇らせたいという切なる願いが思いつかせた方法だったが、狙いどおり、妹はすこぶる生気を取り戻したように見えた。回復の早さに驚いた朋子は、いったい何が妹をこれほどまでにやつれさせたのか。奇妙な感じがしたことを、ＪＲ本山駅の改札口を通り抜けながら、思い出していた。

本当はいつものカフェに立ち寄って、宙にぶら下がった疑念を整理し、払いのけたい気もしたが、やめて帰ることにしたのは、思わぬ方向から解決の光明が差してくることもあるかもしれないと、きょう、つくづく感じたからだった。追及半ばだったマダム品子の自殺未遂の訳は、品子自身が、妹の俳句に促されてさらけ出したし、彼女からリリーを引き離す身を切られるような任務も、偶然、解かれることになった。朋子はただ、品子の不穏な感情に向き合っただけ、グレーをグレーのままに受け止めただけだ。はっきりした方針で動くばかりが、道を開いてゆくわけではないのだろう。朋子は、妹への心配りに霧のかかった時代があったことだけは、認めざるを得なかった。ただ、その霧の異常な濃度に、どうしても気づけなかったのだ。もし気づいていたら、きっと自分は……。

本山から住吉へ向かうＪＲの車内で、ふたたび、この線路のすぐ南の西国街道をえっちらおっちら、自転車のペダルを漕いでリリーに会いにゆく庄造の姿が脳裏に浮かんできた。時間はちょうどいまと同じ、電車に揺られて西へ向かう朋子の腕時計が指している頃だ。

人力車や自動車や、人までもが行き交っていた昭和初期のその道を、業平橋から一人の男が、夕陽に照り返す舗装道路の鏡面反射に前方をさえぎられ、難渋しながら、猫に会いたい一心で自転車のペダルを漕いで走って来る。

猫を囮にした元妻はというと、囮にしたつもりがすっかり猫と恋仲になっていて、再婚夫婦の破局計画なんかとうに投げ出している。才気はあるけれど人付き合いの不器用な元妻は、元夫の愛猫と濃厚な友情を結んでいて、退屈な性格だったはずの女性が生き生きと小説内を動き始める。元夫婦の関係は猫の心変わりひとつでアップサイドダウンしているのだ。いびり出されたはずの妻は、暗い電球のもとで、細々と内職の縫い物をしていると思いきや、高らかに凱歌を揚げている。小説は男と女の『猫争奪戦』が暗示されて終わるのだった。

リリーの魔力に落とされた小説の品子は、猫には負けているが間違いなく庄造には勝っていた。そして品子の現し身、マダム品子も、小説に似せた仮想空間を脱出しかけている。ただ独り、妹だけが、ひっそりと闇の奥に立っていた。朋子は妹の魂が清められるよう、出来るかぎりのことをする、それがいまの自分の最重要項目だと、妹に、してやれたはずがしてやれなかったことへの後悔を自分なりに整理して改札を出、自宅へと急いだ。

その夜、夕食をすませると、朋子はいつものように、北向きの張り出し窓から見える六甲山の頂の、埋め込まれた砂金のように小さな明かりを、目を凝らしてじっと見つめた。

朋子が住んでいる二十四階の窓からは、両親と住んだ陸側と、このマンション群が立ち並ぶ島との間にできた、溜池のような海が見えていて、その運河のように狭くなった海路を見ていると、まるで自分の人生を二つに仕切る衝立《ついたて》のように感じることがある。

ここに住んで十年になる。父と妹の他界はもう過去のこと——という感覚が、陸側から狭い内海を渡って自宅にたどり着くと、いっそう強く感じられ、まるで自分が、人工島の土の上で、毎晩再生されているような気がしてくるのだった。

山頂の明かりを見ていたら、妹の手向けに添えて欲しいという、マダム品子が作った一句が思い出されて、やがて山の底を覆いつくしている宝石のような都会の光が、水っぽくきらめきはじめた。

思いいづ彼女も独り夏の涯

山のホテルでくつろいでいた妹は、子供の頃の彼女が蘇ったかのように生き生きとして、父亡きあとの変転がまるで嘘だったようにはしゃぎ回り、屈託のない冗談も飛び出していた。スラリとして、立てば大人の女性に見えたけれど、表情にはまだ少女っぽさが漂っていた。最後の投宿になった秋の日の夜、妹は完全回復したように自信を取り戻して、こう言った。あれはいったい何の話をしていた時だろう。

―女はブツじゃない。そうよね、朋ちゃん。

朋子はブス・と聞こえた気がして、

「なあに、誰指してるの?」

―みんなよ。みんな。

「誰もブスじゃないわよ。シャネルも言ってるわ。生き生きとしていれば、醜いということはない。私も同感よ」

朋子は妹をたしなめるかわりに、最近仕入れた情報を耳に入れてやった。

―ブスじゃない。ブゥツゥ。

「なあに、ブツって?」

―モノのこと。食べ物と品物のモノ。

聞き馴じみのない物言いをする妹の、目を伏せてスープを飲んでいる顔をじっと見つめたまま、それ以上は掘り下げない選択をしたのだった。

私も独り。妹よ、仲間に入れてくれないか―そう呟くと、妹がそばに寄り添ってくるような気がする。すると一緒に住んだ場所から一人離れて住んでいる自分が、過去を振り返ることを拒み続けるシングルウーマンに思えてきて、自分もマダム品子や小説の品子、はては亡き妹のように、葛藤の末の平安に辿り着いてみたいと、秘かに渇望しているのがわかった。はたして、いまのわたしは、そんな自分史を編んでいるのだろうか。どこかでボタンをかけそびれたか、ずっと違うボタンをはめて歩いている気がする。

ふいに朋子は、あの日の妹の〝ブツ〟という言葉が、妹の例の乾ききった預金通帳と、同じ世界に属しているという感覚にとらえられた。妹の相手だった男性と、横取りしていった女は、一体何者だったのだろう。てっきり三角関係だと思い込んでいた。じつは違っていたかもしれない。

北の窓から見える黒々とした山容に点在する小さな煌めきを、御守りのように記憶に留めて、朋子は夜の窓のカーテンを引いた。

＊　＊

翌日から朋子は、約四カ月に及んだ訪問先の、マダム品子こと広田富子についての書類の作成に追われる日が続いた。富子の引越があるので、それまでにリリーを、飼主と名乗る人物にしっかり確認してもらう必要があった。

引越の前々日に、その日はやってきた。朋子は猫用のケージを携えて富子のマンションを訪ねた。

富子には、リリーを引き取る間際に本当のことを伝えた。飼い主からとっくに行方不明の届けが出ていたと言うと、少しばかり驚きはしたが、富子は、リリーを訪問カウンセラーの腕の中に収め終えた手を、こんどは朋子の二の腕に添えて、—あなたと、あなたの妹に出会えて、ほんとうについてたわ。もしもあなたたち二人がこの世に生まれていなかったら……。

そう言いながら、朋子の腕にかけた手にいっそう力を込めたかと思うと、スッと身体ごと手を引いて、リリーをよろしくと頭を真横に傾けつつ、出会って以来最初で最後の微笑を浮かべたかと思うと、ひらりと扉を閉めて玄関のむこうに消えた。

朋子はしばらくぼんやりと、マダム品子との別れの余韻に浸ったのち、リリーを用意したケージの中に入れ、急ぎ足で合歓の木の一郭を過ぎて、阪急六甲の駅へと急いだ。

訪問先で出会ったのは、ケアが必要な女性一人きりだったのになんと多くの人物に出会った気がすることか――朋子は電車の座席に座るなり安堵のため息をつき、次のステップに移るほんのいっとき前に胸に渦巻いた、こんな感情に注意を向けた。普段のカウンセリングと違って、人が入れ替わり立ち現れた気がするのは、広田富子の秘められた力のせいだけではなく、谷崎の小説がもう一つの理由だろうと、うすうす気づいていた。

朋子は、日本の文豪が書いた文章が苦手だった。書店で手に取るのは、主に歴史やミステリ。俳句や短歌も読めばなんとなくわかるけれど、自分から嗜んだりはしない。今回の訪問先となった自殺未遂の女性のケアと、行方不明の猫の保護という任務がなければ、およそ出会うことのない作品だった。

追い出された元妻の手紙で始まるところも面白い趣向だし、なんとそれが、嵌められたように離縁された元妻の、反撃を画策する手だとわかると、なんだか哀れに思えてくるのだけれど、やがて誰も予期せぬ逆転劇へと展開する筋立てには思わず舌を巻いた。朋子は生まれて初めて、日本の伝統的な作家の文章に引き込まれたのだった。

　もしも妹がマダム品子、いや広田富子と同様に、小説の品子と似ているところがあるとしたら、妹も何かの策に嵌められていた、と想像するのは穿ちすぎだろうか。女は物《ブツ》じゃないと呟いていた妹は、アルバイト先で知り合った男から、なんと言って自己紹介されたのだろう。自分はこの疑惑と正面から向き合うべきなのではないだろうか——

　朋子は小刻みな電車の揺れを感じながら、暑気の薄らいだ夏の終わりの山際の景色を見ているうちに、しきりに何かに促されている気がしてきた。

　交番に着くと、中年の男性が一人、そばに小柄な高齢の女性が一人、朋子の到着を待っていた。

探している猫かどうか確認してもらおうと、朋子がケージの扉を開けると、リリーは男性の胸元を目がけて駆け出した、と思ったらハタと手前で立ち止まり、ゆっくりと、ランウェイを歩くモデルみたいに抜き足で進みだした。それを見た男性がボブ、おいで！と両手を広げて呼ぶと、リリーが求めたのか、男性が求めたのか、奇跡の邂逅に、目にも鮮やかな速さで一人と一匹は抱き合っていた。

「間違いなくうちの猫です。アカンやろ。知らん人についていったら」

と、男性が、ボブと呼ばれる猫の頭を、叩いているのか撫でているのかハッキリしない、不安と怒りと愛情と安堵が交々になった再会を、朋子は既視感のある暖かな光景を見る思いで見ていた。

「うちの猫です。えらいどうもお世話になりまして」

と、白髪の似合う女性が挨拶がわりに礼を言った。母親なんだ、この人の。白い丸襟のブラウスに鈍色《にびいろ》のスラックス、銀色《しろがね》のカーデガンをはおり、赤いベルトの腕時計をして、グリーンに染めあげたモカシンを履き、さっぱりした笑顔を向けてくる高齢の女性を、朋子は初対面の挨拶のあいまあいま、いつになく念入りに観察していた。胸に漆黒の、オニキスらしいペンダントトップが輝いている。

「これ、うちで扱うてる商品で、ほんの気持ちですけど、召しあがってもらえますやろか」

「まあ、お菓子屋さんですか」

「ええ。お団子とカステラとシュウクリームとエクレアを扱うとりますの」

「日本とポルトガルとフランスが、うちの守備範囲です」

息子が付け加えた。せっかくの手土産を断ると格好がつかないだろうと、朋子は受け取ることにした。

母親と息子は代わる代わる、ボブがいなくなった日のことを朋子に説明した。

あれはゴールデンウイークの終り頃だった。その日は店も休業にして、朝食後に保久良神社までボブを連れて散歩に出かけたのだけれど、梅林のあたりでボブが突然走り出して、木の陰に隠れた。息子が連れ戻そうと追いかけて、木の幹の後ろを探したけれど、いったいどこへ消えたのか、まったく姿が見えなくなった。

幼児と同じで猫は身体が柔らかく、どんなに狭い隙間でも器用に入りこんでしまい、ときに出て来られなくなるのでもう心配で心配で、方々探して回ったけれど、二人とも疲れ切ってしまい、とうとうあきらめて交番に届けを出して待つことにしたと言う。

「まあ、四カ月もどなたか存じませんけど、面倒見ていただいて。それでこれ、その方にお礼せなと思いまして」

と言って婦人は封筒を差し出した。

「お金ですか？」

「まずいですか？」

息子が朋子の目をのぞきこんだ。

「と、思います」

朋子はまっすぐに男性の目を見て言った。

「ボブのこと、気に入ってくれたんですね、その人」

「そりゃあ、もう」

「ほんなら、やめとこ。おふくろ」

息子はあっさりと母親の手にある封筒を引っ込めた。

「その人、ひょっとしてボブを返したなかったんでは？」

「もしその方に引越がなければリリー、じゃなくてボブはあと数カ月、待っていただくことになったと思います。個人情報なので理由はお伝えできませんが」

息子は一瞬、朋子の瞳を覗き込むように見て、それからこう言った。

「ご配慮に感謝します。色々と気遣い頂いたようで」

息子はそう言って自分の名刺と菓子店の名前が入ったカードを朋子に渡し、母親と代わる代わる礼を言ってからボブを抱きかかえ、母親に寄り添って交番を出ていった。

ロシアンブルーのリリーちゃんは牡だった。マダム品子と小説の品子、亡くなった妹、そして自分。女たちの狂騒曲の中にいた猫一匹は、男だったのだ。予期せぬ結果に、常にはない何かを感じた朋子は、もうひとつ、想像を裏切られている自分に、もらった名刺を見て気づかされた。さっきの男性は菓子店の店主ではなく弁護士だった。ラルフローレンのポロシャツが正体を隠していたようだった。

交番をあとにすると、朋子は広田富子にメールを入れて、リリーは無事飼主の元に戻ったことを伝えた。すると夕方、帰宅途中に返事がきたので、足を止めてメールを開けた。

「リリーとあなた方姉妹に出会えたことが、この街を、最後になって思い出深い場所に変えてくれました。一生忘れないからね。写真俳句の件ですが、叔母の文化サロンに俳人がいるので、句を添削してもらってから完成させます。妹の手向けにあと五句作りました。全部で写真は二十三枚。妹の「鈴虫のうた」の句のあとに以下が続きます。読んでみて。

□　こぼれ落ち地の糧となる虫の声
☆　寂寥を知るやひぐらし風の歌
＃　蜩《ひぐらし》やオンブラマイフ奏でむかな
□　秋の夜や地球《ほし》ひきしまる音ぞする
☆　小豆煮る夜は更けゆく漆色

ではご承諾のメール、待ってます。富子♡」

その日の夕食後。

朋子は、まだ一度も味わったことのない寂しさに襲われていた。あの山の明かりを見つめて暮らすのは、今夜から自分のほかには誰もいない。経験したことのない、誰かの孤独を知り、その孤独にたしかに救われていたように思う。六甲山の富子の希望の灯は、朋子の日々までも支えていた。孤独を救う、文学はそのためにあるのかもしれないが、朋子が力をもらったのは、近くに住む、眠って食べてひっそりと涙を流して暮らす生身の女性であって、小説の中のヒロインではなかった。妹を救えなかった自分には、落ち度があるわけではない。でも、何かが起きていたと思った。それは、広田富子や妹の生き様には在った何かが、自分にはずっと欠けていたということに違いなかった。

＊　＊

横浜に転居した広田富子から朋子にレターパックが送られてきたのは、それから二週間ほど経った秋分の日のことだった。

中身は預けっぱなしにしてあった妹の俳句の束だった。催促もせずそのままにしておいたのは、ともかくクライアントを急かすことはしないと決めてあったからだが、すぐに返してもらうつもりが、先へと延びてしまい、引っ越し間際になっても話を持ち出すのが憚られたのだった。

広田富子は野放図なところは少しもなく、たいへん几帳面と医師は言っていたが、返却された紙の束は医師の言葉のとおり、朋子が手渡した時と違って、俳句が作られた日付順にきれいに整理されたうえ、簡易製本のように上辺を糊付けして一冊にまとめられ、さらに半紙に巻かれてあった。一筆箋が添えてあって、「妹さんの人生の一部です。大切に保管なさって下さい」と、墨で書かれてあった。

朋子は一冊に綴じられた俳句の束をぱらぱらとめくっていった。住んでいた妹のアパートの部屋と、病室のロッカーにあった五七五の何枚もの紙片を見つけた時の動揺は、すっかり消えていた。まるで広田富子というカウンセラーが、朋子の混乱を手際よく整理してくれたかのようだった。

そうだわ。日付を追う朋子の目が、何かを見つけた子供の目のように輝いた。妹が、作句した日を付けていたということが、何かを知らせている――朋子はきわめて不確かな暗示の中に、解明の糸が垂れているミステリ小説のあの時空間に、いま、この自分が遭遇しているような気がした。そこで、マダム品子に手ほどきされたあの時のように、妹の作句の意図に注意を払いながら、綴じられた紙の束をめくっていった。すると、予期したものを裏づけるような句が、意外にも早く見つかったのだ。

駆けし日の友情薄く金秋ゆく
廃品のえんぴつ削りに残菊立つ

妹は、亡くなるちょうど一年前から俳句を作り始めている。まだその頃は数は少なく、翌年、体調を崩してから作句のスピードと勢いが増している。まるで生き急ぐかのように書いている、と朋子は感じた。誰かに何かを伝えようとしているのではないか。

この二つの句は、日付から言って書き初めの頃に作った句で、女子校時代の記憶の匂いが立ちこめている。でも、その記憶にあるはずの固い絆について、はっきりと妹は、薄かったと言っている。さらに、女子校を中退して筆記具と縁の切れた自分が、二学期が始まる秋には、まるでゴミ置場に捨てられている鉛筆削りのようで、無念だ――そう読めてしまうのだ。朋子は胸がはり裂けそうになった。標渺《ひょうびょう》とした、疑いとも哀しみとも言い切れない思いが、内と外に激しく溢れだしてゆく。この中に、長く自分を晒し置く自信はない。ためらいが決意に浸潤する前に、朋子は胸中をありのまま、誰かに投げ出すことにし、バッグの薄い仕切りに挟み込んであった、「弁護士・橘太一朗」と印刷された名刺を取り出すと、北向きの窓に駆け寄り、日没前の強い陽光を浴びて燦然と照り返す六甲の山肌を、祈るような思いで見つめ、記憶の襞に焼き付けた。

＊　＊

数日後。

お団子とエクレアのお店「橘」は、本山と住吉の中間の、二号線沿いを山側に入った所にある、和風モダンな構えの小じんまりとした菓子店だった。名刺にあった法律事務所は、店の横の階段を昇って最上階の四階にあった。

ノックをすると事務の女性がお待ちしていましたと朋子を迎え入れ、焙じ茶と店の看板商品のお団子で緊張をほぐしてくれた。

やがてパティションの向こうから橘太一朗が、きょうはラルフローレンではなさそうな、しっかりと糊のきいたレモン色のYシャツで現れた。そして挨拶もそここに、こう切り出した。

「頂いた手紙を読ませてもらったところ、確かに妹さんの亡くなり方には、不自然なものがあると僕も思いました。最後は食べ物が喉を通らなくなったのか、ハンガーストライキなのか、という点ですが、病院は消化機能には問題はないと言ったのですね」

「ええ。妹が、食べ物を受け付けなくなったという話でした」

「俳句も読ませてもらいました。あなたのおっしゃる点はよくわかりました。一点だけ、僕自身が疑問を感じたのは、この句についてです」

そう言って橘太一朗は、句の束をめくって付箋を貼った頁を朋子に読ませた。

金策の果ての夕ぐれ父娘《おやこ》の影

この句にどんな疑問が?という目で朋子は弁護士の目を見つめた。

「この句の父娘は、あなたとお父さん？それとも妹さんとお父さん？」

「わたしたち娘は、ふたりとも父の事業については何も知りません。父の事業が破綻した時、わたしは大学の四回生で妹は高校二年でしたから」

「つまりあなた方姉妹はふたりとも、お父さんの金策旅行に、あっちこっちついて行った経験はない、ということですか」

「ありません。一度も。もっと父の力になれていたらと、後悔しているくらいです。父は娘たちにだけは苦労をかけたくないと思っていたのかもしれません」

朋子は、唇を噛みしめたい気持ちにかられて、焙じ茶の残りを口に含んだ。

「それなら、妹さんのこの句は、自分も父親と同じ立場になった、と言っているように読めますね。僕には」

朋子は何かを後悔し始めている自分に気がついた。

「お父さんと死別の一年後に男性と結婚の約束をして、半年後に妻ではない女に横取りされて、一緒に虎の子の遺産までが通帳から消えて、やがて拒食状態になって、内臓にきてそれから長年うつを患って、最後は絶食で他界。これがあなたから聞いている妹さんの後半生。ここに僕の想像やけど、誰かが妹さんを揺すっていた、という疑いが、事実として入ってこないとも限りません」

「その男性が、妹を揺すっていた？」

「その男性と横取り女が、という想像も可能です。あなたの疑念を汲みとれば、女はもしかすると、同級生かもしれません」

「初めから？」

「計画していたかもしれませんね」

「何を理由に妹を揺するの？」

「妹さんがあなたに何かを相談してきたことは？」

「ありません」

「変なことを口走ったりしませんでしたか？　秘密にしていても、人はなかなか苦痛をこらえきれませんから」

朋子は弁護士の前に置いてある妹の預金通帳に視線を落とすと、さっと顔を上げて言った。

「ブツ」

「ブツ？」

「女はブツじゃないって、妹は言いました」

「私は取引材料ではないと言っていた？」

「わたしにそう伝えようとしたのだと思います。亡くなる一年前でした」

「男はカメラマンでしたね。知らずに裸体写真を撮られた可能性がある。それをネタに揺すられたのかもしれません。人生は終わったと思い込んだんでしょう。昨今増えている被害です」

どうして言ってくれなかったのか。何かが自分には欠けていた、と朋子は数日前の自分の言葉を、自分に向けてピシャリと投げつけた。

「妹さんは自殺扱いにはなっていない。どうも自殺誘導のような形で死に追いやられてる気がする、僕には。遠隔殺人みたいなね。今となっては病死か自殺か他殺かを立証できるものはない。でも」

「でも？」

「計画性を立証できる可能性は、低いわけではありませんよ」

事務所を出て、一階にあるお団子とエクレアの店「橘」を覗くと、奥の方で母親が職人と話をしている様子が見えた。リリーちゃん、いやボブはどこにいるんだろう。きっと一階から四階までを自由気儘に上り下りしているのだろう。

弁護士と話を終えて話題がボブに及んだとき、この猫がいかに自分たち人間をつないでいたか、朋子はつくづくとふり返った。

太一朗の話では、ボブにはてんかんの持病があって、それに気づいた初めの飼主が嫌がったのか、生まれて数カ月目に保健所に来た。ちょうど、父親の他界で沈みこんでいる母親のために前々から捨て猫の引き取りを申し出ていて、ある日ボブと母とでお見合いをさせたところ、うまく行きそうだったので連れて帰ってきたのだという。言われてみると、オス猫のボブには艶めかしさなんて少しもなくて、ただ自由気儘をつらぬく高等遊民のごとき気高いプライドが漂っている風だった。


「橘」から南へ下って二号線を出ると、朋子は西に向かって歩いて行った。

この国道をあの庄造が、えっちらおっちら、キーコキーコと、ちょうど今頃の時刻、一目でいいから猫のリリーに会いたくて、夕陽の照り返す路面の上を自転車のペダルを漕いで進んでゆく姿がまた頭に浮かび、朋子はまるでその庄造と並んで進んでいるかのような錯覚にとらえられた。

小説の終わりでついに庄造は、自分がふり回されているのは猫でもなく二人の女でもなく、自分自身にだと気づくのだけれど、それは文豪自身の独白にも思え、私こそ庄造なのだ、愚かな男は私なのだと白状しているかのように思えてくる。人は誰だって、自分の目が描いた現実を、それぞれの決め事で整理しているにすぎない。いったい誰が、どこまで、現実をありのままに、丸ごと描けるというのだろう。

庄造は、勝手にリリーをこうと思い描いて、勝手に恋情を掻き立てられているけれど、はたしてリリーが庄造に向ける眼差しは、人間と同じイノセンスやエゴなのか、自分が猫にならなければわからないはず。それでも庄造は自転車のペダルをキーコキーコと漕ぎながら、この国道をリリーの面影を追って西へと向かう。

そんな庄造の顔を目がけてお前のことはお見通しだとばかり、日没前の強烈な日差しが路面を打って翻るのを、あたかも正体を隠すかのように斜め下に顎を引いて、日差しをよけながら自転車を漕ぎ続ける庄造という男に、朋子はどこかで出会っている気がしてくるのだ。そう、猫よりも愚かな人間に。ただ、そういう愚かさなら、誰にだって潜んでいそうにも思う。人間のウラ側はときに猫以下かもしれないのだ。

下を細く流れる天上川を横切りながら、朋子はふと、「被害者は黙っては死なない」という橘弁護士の言葉を思い出した。と、その時、朋子の目の前を二人乗りの左折のバイクが、おい気をつけろ、とでも言いたげに走り去って行った。

「死体は語るって言いますね。どのように死んだかを見れば犯人を割り出せるということです。黙って死んでも、殺されたんなら、いずれ誰かが嗅ぎつけると僕は思てます。証拠は十年、二十年と眠り続けることもある。計画性のある自殺誘導も、僕は準殺人罪と見ています。辛いと思うけど、確認のために過去をふり返るべき時かもしれません。妹さんの被害がはっきりしたら、委縮してはあきません。勇気を出すことですよ」

西の空を見上げると、初秋の日没が、白濁した雲間から煌めくような散光を放っている。その、まるで貝殻《シエル》のような輝きを見ていると、西日に正体をあぶり出されていた庄造と、いま歩いている自分が、何かのきっかけで反転した二人の人間に見えてくる。

朋子は面談の最後に弁護士が言った言葉と、自分の第六感が、ピッタリと重なった瞬間を思い出した。「殺される死は死ではない」そう弁護士が言い終わらないうちに、「妹はまだ死んではいない」と直感したのだ。妹の書き残した言葉が事実を伝えるために脈打ち始めていると、朋子は確信した。

妹はいま、自分のそばの、庄造と反対の側に立って、陸上競技のユニフォーム姿でスタートを切ろうとしている、朋子について走るために。残照の夏の日走れスニーカー。朋子はマダム品子が指摘した、妹が再起を賭けた一句を思い出した。そして、ともかく言われた通り、妹の遺品から手がかりを探し出して、橘太一朗宛に送ることにした。

スマホの着信音が鳴って、朋子はわれに返った。広田富子からのメールだった。

「明日、写真俳句集『秋夏賛日』初校完成。来月には刊行の予定。富子」

スマホの画面を閉じた瞬間、安堵と一緒に淋しさが襲ってきた。その訳のわからなさに、不安までが押し寄せてくる。朋子は足元に目を落とし、ゆっくり歩いてみることにした。

庄造がリリーの面影を追って自転車を漕ぐ、その同じ国道沿いを歩きながら、自分もまた、何かの影を追っているのではないだろうか。あの建物にいたマダム品子もロシアンブルーのリリーも、偶然あそこにいて、自分は職務上出会ったに過ぎない。にもかかわらず、もしもあの夢か幻のような、真剣な時間《とき》を過ごすことがなかったなら、闇の奥にひっそりと立っていた妹の姿を想像することなど、とうていなかっただろう。マダム品子もロシアンブルーのリリーも、もはやいない。いや、初めからいなかったのだ。初めからいない、その現実のほうが、いまの朋子には幻に思えてくる。マダム・グレーの丘。朋子は四カ月ほど通った合歓の木の坂の上にあるマンションのあたりを思い出し、そっと声に出して、そう呼んだ。クライアントだった女性と、拾われた持病のある牡猫は一つに溶け合い、子供のころ妹とよくやった名付けごっこを経て《マダム・グレーの丘》になり、隠者の隠れ処のように朋子の胸の奥にしまわれた。

三王神社の手前の信号が青に変わったので、朋子は歩く方向を南に変えた。長く、家族と住んだ場所を避けるように生きてきた自分こそが、欠けている何かの化身に見えてくる。きょうは変貌して久しい住宅街を抜けて、駅へ向かおう。そう心に決めたとき、一陣の風がスカートの裾を激しくはためかせ、信号を渡り終えた朋子の脳裏に、五七五の一句が浮かんだ。

朋子はふり返ると、街の背後に横たわる夕映えの六甲の山脈《やまなみ》を仰ぎながら、浮かんだその一句を声に出して言ってみた。

青信号、止めよ秋風がわれを押す

了

〔参考図書〕
『猫と庄造と二人のをんな』谷崎潤一郎
　谷崎潤一郎全集　第14巻　中央公論社　1982年
『世界の猫図鑑』p.93　撮影・山崎哲
　新星出版社　2011年

珠　深雪（たま　みゆき）
英文科卒業後、翻訳家修行を経て文筆の道に。
本作品がデビュー作。
過去に執筆した作品を順次発表予定。
本作品の装画も制作。
音楽とアート専門の事業所代表。

秋《しゅう》夏《か》賛《さん》日《じつ》

2024年８月10日 初版発行

著者・発行——珠　深雪
制作・発売——神戸新聞総合出版センター
〒650-0044 神戸市中央区東川崎町1-5-7
TEL 078-362-7140／FAX 078-361-7552
URL:https://kobe-yomitai.jp/
印刷／神戸新聞総合印刷

落丁・乱丁本はお取り替えいたします

ISBN978-4-343-01241-8 C0093